진달래꽃 詩집

김소월
시화집
詩畵集

세계 명화(名畵) 만남

마네/모네
·
르누아르
·
고갱/고흐

김소월 시화집(詩畵集)

진달래꽃 詩

세계 명화(名畵) 만남: 마네·모네·르누아르·고갱·고흐

발 행 | 2020년 02월 12일
저 자 | 김소월
펴낸이 | 한건희
펴낸곳 | 주식회사 부크크
출판사등록 | 2014.07.15.(제2014-16호)
주 소 | 서울 금천구 가산디지털1로 119 SK트윈테크타워 A동 305-7호
전 화 | 1670-8316
이메일 | info@bookk.co.kr

ISBN | 979-11-272-9732-9

www.bookk.co.kr

진 달 래 꽃 詩 집

김소월
시화집
詩畫集

세계 명화(名畵) 만남

마네/모네
·
르누아르
·
고갱/고흐

시인 - 김소월

화가 - 마네·모네·르누아르·고갱·고흐

목차

자나 깨나 앉으나 서나
해가 산마루에 저물어도

머리말

김소월

(1902-1934) 시인.

 평북 정주 출생. 아호는 '소월' 이며 본명은 정식(廷湜)이다. 오 산학교 재학 때 1917년 스승 '김억'에게 재능을 인정받아 시 를 배웠다.

1920년 김억의 주선으로 〈창조〉지에 첫 작품 〈낭인의 봄〉〈그리워〉 등을 발표하며 문단에 이름을 올렸다.

한국인이 가장 좋아하는 〈진달래꽃〉 시를

1922 〈개벽〉지에 작품이 등장한다. 또한, 〈금잔디〉〈엄마야 누나야〉 시는 교과서 음악(동요)에 실리는 작품이 있기도 하다.

소월은 겨레의 전통적인 애조(哀調)를 세련된 시어로 서정시 표현하는 민족정서를 대변하고 있다.

그는 33세의 젊은 나이로 요절하였다.

〈김소월〉 시인의 원작 그대로 토속어(사투리) 및 그 시대의 국문법을 따랐으며 한자 혼용과 손실된 부분은 운율에 맞게 현대어로 변환 및 수정하였고, 오탈자와 띄어쓰기를 반영하였다.

세계 명화 인상주의 화가 5인(마네·모네·르누아르·고갱·고흐)의 미술 작품은 저작권 만료(퍼블릭 도메인)에 해당하는 작품을 실었다.

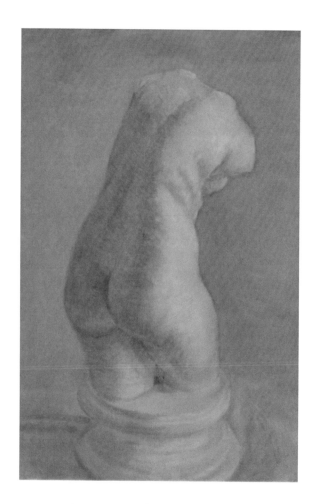

Plaster Cast of a Woman's Torso
〈빈센트 반 고흐, 1887〉

- 김소월 -

진달래꽃 - 詩집

1.

님에게

Portrait of Doctor Felix Rey
〈빈센트 반 고흐, 1889〉

먼 후일

먼 훗날 당신이 찾으시면
그때에 내 말이 `잊었노라'

당신이 속으로 나무라면
`무척 그리다가 잊었노라'

그래도 당신이 나무라면
`믿기지 않아서 잊었노라'

오늘도 어제도 아니 잊고
먼 훗날 그때에 `잊었노라'

Stillleben vor einem Stich von Delacroix
⟨폴 고갱, 1895⟩

풀 따기

우리 집 뒷산에는 풀이 푸르고
숲 사이의 시냇물, 모래 바닥은
파아란 풀 그림자, 떠서 흘러요.

그리운 우리 님은 어디 계신고
날마다 피어나는 우리 님 생각
날마다 뒷산에 홀로 앉아서
날마다 풀을 따서 물에 던져요.

흘러가는 시내의 물에 흘러서
내어던진 풀잎은 옅게 떠갈 제
물살이 해적해적 품을 헤쳐요.

그리운 우리 님은 어디 계신고
가여운 이 내 속을 둘 곳 없어서
날마다 풀을 따서 물에 던지고
흘러가는 잎이나 마음에 보아요.

Orchard with Blossoming Plum Trees
〈빈센트 반 고흐, 1888〉

바다

뛰노는 흰 물결이 일고 또 잦는
붉은 풀이 자라는 바다는 어디

고기잡이꾼들이 배 위에 앉아
사랑 노래 부르는 바다는 어디

파랗게 좋이 물든 남빛 하늘에
저녁놀 스러지는 바다는 어디

곳 없이 떠다니는 늙은 물새가
떼를 지어 좇기는 바다는 어디

건너서서 저편은 딴 나라이라
가고 싶은 그리운 바다는 어디

Stillleben mit japanischem Holzschnitt
〈폴 고갱, 1889〉

산 위에

산(山) 위에 올라서서 바라다보면
가로막힌 바다를 마주 건너서
님 계시는 마을이 내 눈앞으로
꿈 하늘 하늘같이 떠오릅니다.

흰 모래 모래 비낀 선창(船倉)가에는
한가한 뱃노래가 멀리 잦으며
날 저물고 안개는 깊이 덮여서
흩어지는 물꽃뿐 가득입니다.

이윽고 밤 어두운 물새가 울면
물결조차 하나 둘 배는 떠나서

Kleiner Bretone, den Holzschuh richtend
⟨폴 고갱, 1888⟩

저 멀리 한바다로 아주 바다로
마치 가랑잎같이 떠나갑니다.

나는 혼자 산(山)에서 밤을 새우고
아침 해 붉은 볕에 몸을 씻으며
귀 기울고 솔깃이 엿듣노라면
님 계신 창(窓) 아래로 가는 물노래

흔들어 깨우치는 물노래에는
내 님이 놀라 일어나 찾으신대도
내 몸은 산(山) 위에서 그 산(山) 위에서
고이 깊이 잠들어 다 모릅니다.

Der Geist der Toten wacht (Manao Tupapau)
〈폴 고갱, 1892〉

옛이야기

고요하고 어두운 밤이 오면은
어스레한 燈(등)불에 밤이 오면은
외로움에 아픔에 다만 혼자서
하염없는 눈물에 저는 웁니다.

제 한 몸도 예전엔 눈물 모르고
조그마한 세상을 보냈습니다.
그때는 지낸 날의 옛이야기도
아무 설움 모르고 외웠습니다.

Woher kommen wir Wer sind wir Wohin gehen wir

〈폴 고갱, 1897〉

그런데 우리 님이 가신 뒤에는
아주 저를 바리고 가신 뒤에는
前(전)날에 제게 있던 모든 것들이
가지가지 없어지고 말았습니다.

그러나 그 한때에 외워 두었던
옛이야기 뿐만은 남았습니다.
나날이 짙어가는 옛이야기는
부질없이 제 몸을 울렸습니다.

Porträt des Vincent van Gogh, Sonnenblumen malend
〈폴 고갱, 1888〉

님의 노래

그립은 우리님의 맑은 노래는
언제나 내 슴에 저저 있어요.

긴날을 문밖에서 서서 들어도
그립은 우리님의 부르는 노래는
해지고 저미도록 귀에 들려요.
밤들고 잠드도록 귀에 들려요.

고히도 흔들리는 노래 가락에
내잠은 그만이나 깊이 들어요.
고적한 잠자리에 홀로 누워도
내잠은 포오근히 깊이 들어요.

그러나 자다깨면 님의 노래는

하나도 남김없이 잃어 버려요.

들으면 듣는대로 님의 노래는

하나도 남김없이 잇고 말아요.

Bretonische Landschaft mit Schweinehirt
〈폴 고갱, 1888〉

실제 1

동무들 보십시오 해가 집니다
해지고 오늘날은 가노랍니다
윗옷을 잽시빨리 입으십시오
우리도 산(山)마루로 올라갑시다

동무들 보십시오 해가 집니다
세상의 모든 것은 빛이 납니다
이제는 주춤주춤 어둡습니다
예서 더 저문 때를 밤이랍니다

동무들 보십시오 밤이 옵니다

박쥐가 발부리에 일어납니다

두 눈을 인제 그만 감으십시오

우리도 골짜기로 내려갑시다

La Grenouillère [2]
〈오귀스트 르누아르, 1880〉

님의 말씀

세월이 물과 같이 흐른 두 달은
길어둔 독엣 물도 찌었지마는
가면서 함께 가자하던 말씀은
살아서 살을 맞는 표적이외다.

봄풀은 봄이 되면 돋아나지만
나무는 밑그루를 꺾은 셈이요
새라면 두 죽지가 상(傷)한 셈이라
내 몸에 꽃필 날은 다시없구나.

밤마다 닭소리라 날이 첫시(時)면
당신의 넋맞이로 나가볼 때요
그믐에 지는 달이 산(山)에 걸리면
당신의 길신가리 차릴 때외다.

세월은 물과 같이 흘러가지만
가면서 함께 가자하던 말씀은
당신을 아주 잊던 말씀이지만
죽기 전(前) 또 못 잊을 말씀이외다.

Das Konzert
〈오귀스트 르누아르, 1919〉

님에게

한때는 많은 날을 당신 생각에
밤까지 새운 일도 없지 않지만
아직도 때마다는 당신 생각에
추거운 베갯가의 꿈은 있지만

낯모를 딴 세상의 네길거리에
애달피 날 저무는 갓 스물이요
캄캄한 어두운 밤들에 헤매도
당신은 잊어버린 설움이외다

당신을 생각하면 지금이라도
비오는 모래밭에 오는 눈물의
추거운 베갯가의 꿈은 있지만
당신은 잊어버린 설움이외다

Wäscherinnen [2]
⟨오귀스트 르누아르, 1912⟩

마른 강 둔덕에

서리 맞은 잎들만 싸일지라도
그 밑에야 강(江)물의 자취 아니랴
잎새 위에 밤마다 우는 달빛이
흘러가던 강(江)물의 자취 아니랴

빨래 소리 물소리 선녀(仙女)의 노래
물 스치던 돌 위엔 물때뿐이라
물때 묻은 조약돌 마른 갈대숲이
이제라고 강(江)물의 터야 아니랴

빨래 소리 물소리 선녀(仙女)의 노래
물 스치던 돌 위엔 물때뿐이라

Lesendes Mädchen [1]
⟨오귀스트 르누아르, 1893⟩

2.

봄
밤

Young girl with dasies
〈오귀스트 르누아르, 1889〉

봄 밤

실버드나무의 거므스렷한
머리결인 낡은 가지에
제비의 넓은 깃나래의 감색 치마에
술집의 창 옆에, 보아라, 봄이 앉았지 않은가.

소리도 없이 바람은 불며, 울며, 한숨 지워라.
아무런 줄도 없이 설고 그리운 새카만 봄밤
보드라운 습기는 떠돌며 땅을 덮어라.

Zwei Vasen mit Chrysanthemen
⟨클로드 모네, 1888⟩

밤

홀로 잠들기가 참말 외로와요
맘에는 사무치도록 그리워와요
이리도 무던히
아주 얼굴조차 잊힐듯해요.

벌써 해가 지고 어둡는대요
이 곳은 인천에 제물포, 이름난 곳
부슬부슬 오는 비에 밤이 더디고
바다바람이 춥기만 합니다.

다만 고요히 누어 들으면

다만 고요히 누어 들으면

하이얗게 밀어드는 봄 밀물이

눈앞을 가로막고 흐느낄 뿐이야요.

Die Straßenbrücke, Argenteuil
〈클로드 모네, 1874〉

꿈꾼 그 옛날

밖에는 눈, 눈이 와라,
고요히 창(窓) 아래로는 달빛이 들어라.
어스름 타고서 오신 그 여자(女子)는
내 꿈의 품속으로 들어와 안겨라.

나의 베개는 눈물로 함빡히 젖었어라.
그만 그 여자(女子)는 가고 말았느냐.
다만 고요한 새벽, 별 그림자 하나가
창(窓)틈을 엿보아라.

Frau mit Sonnenschirm, Studie
⟨클로드 모네, 1886⟩

꿈으로 오는 한 사람

나이 차라지면서 가지게 되었노라

숨어 있던 한 사람이, 언제나 나의,

다시 깊은 잠속의 꿈으로 와라

붉으렷한 얼굴에 가느다란 손가락의,

모르는 듯한 거동(擧動)도 전(前)날의 모양대로

그는 야젓이 나의 팔위에 누워라

그러나 그래도 그러나!

말할 아무것이 다시없는가!

그냥 먹먹할 뿐, 그대로

그는 일어라. 닭의 홰치는 소리.

깨어서도 늘, 길거리에 사람을

밝은 대낮에 빗보고는 하노라

Rue Saint-Denis am Nationalfeiertag
〈클로드 모네, 1878〉

3.

두

사

람

Felsspitzen bei der Belle-Île
〈클로드 모네, 1886〉

눈 오는 저녁

바람 자는 이 저녁
흰 눈은 퍼붓는데
무엇하고 계시노
같은 저녁 금년(今年)은……

꿈이라도 꾸면은!
잠들면 만날런가.
잊었던 그 사람은
흰 눈 타고 오시네.

저녁때. 흰 눈은 퍼부어라.

Au café-concert

〈에두아르 마네, 1879〉

자주 구름

물 고운 자주(紫朱) 구름,
하늘은 개여 오네.
밤중에 몰래 온 눈
솔숲에 꽃피었네.

아침볕 빛나는데
알알이 뛰노는 눈

밤새에 지난 일은……
다 잊고 바라보네.

움직거리는 자주(紫朱) 구름.

Un Bar aux Folies-Bergère
〈에두아르 마네, 1881〉

두 사람

흰 눈은 한 잎
또 한 잎
영(嶺) 기슭을 덮을 때.
짚신에 감발하고 길삼 매고
우뚝 일어나면서 돌아서도…….
다시금 또 보이는,
다시금 또 보이는.

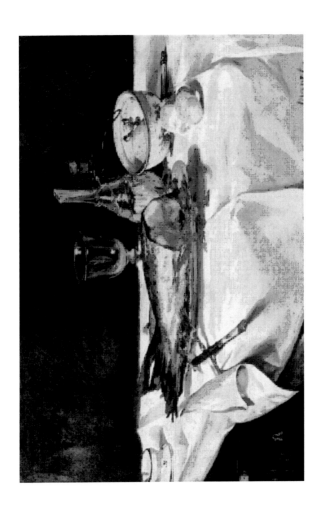

Stillleben mit Lachs
〈에두아르 마네, 1866〉

닭소리

그대만 없게 되면
가슴 뛰노는 닭소리 늘 들어라.

밤은 아주 새어올 때
잠은 아주 달아날 때

꿈은 이루기 어려워라.

저리고 아픔이여
살기가 왜 이리 고달프냐.

새벽 그림자 산란(散亂)한 들풀 위를
혼자서 거닐어라.

Portrait of Monsieur Brun
〈에두아르 마네, 1879〉

못 잊어

못 잊어 생각이 나겠지요,
그런대로 한세상 지내시구려,
사노라면 잊힐 날 있으리다.

못 잊어 생각이 나겠지요.
그런대로 세월만 가라시구려,
못 잊어도 더러는 잊히오리다.

그러나 또한 이렇지요,
`그리워 살뜰히 못 잊는데,
어쩌면 생각이 떠지나요?'

Gypsy with a Cigarette
〈에두아르 마네, 1864〉

예전엔 미처 몰랐어요.

봄여름 가을 없이 밤마다 돋는 날도
예전엔 미처 몰랐어요.

이렇게 사무치게 그리울 줄도
예전엔 미처 몰랐어요.

달이 암만 밝아도 쳐다 볼 줄은
예전엔 미처 몰랐어요.

이제금 저 달이 설움일 줄은
예전엔 미처 몰랐어요.

그것이 사랑 사랑일 줄이
아니도 잊혀집니다.

그것이 사랑 사랑일 줄이
아니도 잊혀집니다.

Les vaches, d'après Jacob Jordaens et Van Ryssel
⟨빈센트 반 고흐, 1890⟩

자나 깨나 앉으나 서나

자나 깨나 앉으나 서나
그림자 같은 벗 하나이 내게 있었습니다.

그러나 우리는 얼마나 많은 세월을
쓸데없는 괴로움으로만 보내었겠습니까!

오늘은 또다시, 당신의 가슴속, 속모를 곳을
울면서 나는 휘저어 버리고 떠납니다그려.

허수한 맘,
둘 곳 없는 심사(心事)에 쓰라린 가슴은
그것이 사랑, 사랑이던 줄이 아니도 잊힙니다.

Portrait of Paul - Eugène Milliet, Second Lieutenant
of the Zouaves
〈빈센트 반 고흐, 1888〉

해가 산마루에 저물어도

해가 산(山)마루에 저물어도
내게 두고는 당신 때문에 저뭅니다.

해가 산(山)마루에 올라와도
내게 두고는 당신 때문에
밝은 아침이라고 할 것입니다.
땅이 꺼져도 하늘이 무너져도

내게 두고는 끝까지 모두다

당신 때문에 있습니다.

다시는, 나의 이러한 마음 뿐은, 때가 되면,

그림자같이 당신한테로 가우리다.

오오, 나의 애인(愛人)이었던 당신이여.

Stairway at Auvers
〈빈센트 반 고흐, 1890〉

4.

무

주

공

산

Dort ist der Tempel (Parahi te marae)
〈폴 고갱, 1892〉

꿈 1

닭 개 짐승조차도 꿈이 있다고
이르는 말이야 있지 않은가,
그러하다, 봄날은 꿈꿀 때.
내 몸에야 꿈이나 있으랴,
아아 내 세상의 끝이여,
나는 꿈이 그리워, 꿈이 그리워.

Die Mahlzeit (Stillleben mit Bananen)
〈폴 고갱, 1891〉

맘 켕기는 날

오실 날
아니 오시는 사람!
오시는 것 같게도
맘 켕기는 날!
어느덧 해도 지고 날이 저무네!

Warum bist du böse (No te aha oe riri)
〈폴 고갱, 1896〉

하 늘 끝

불현듯

집을 나서 산(山)을 치달아

바다를 내다보는 나의 신세(身勢)여!

배는 떠나 하늘로 끝을 가누나!

Wann heiratest du (Nafea faa ipoipo)
〈폴 고갱, 1892〉

개 미

진달래꽃이 피고
바람은 버들가지에서 울 때,
개미는
허리가 가느다란 개미는
봄날의 한나절, 오늘 하루도
고달피 부지런히 집을 지어라.

Der Mond und die Erde (Hina tefatou)
⟨폴 고갱, 1893⟩

제 비

하늘로 날아다니는 제비의 몸으로도
일정(一定)한 깃을 두고 돌아오거든!
어찌 설지 않으랴, 집도 없는 몸이야!

Der Reigen der kleinen Bretoninnen
〈폴 고갱, 1888〉

부엉새

간밤에
뒤 창(窓) 밖에
부엉새가 와서 울더니,
하루를 바다 위에 구름이 캄캄.
오늘도 해 못 보고 날이 저무네.

Stillleben mit Äpfeln, Birne und Krug
〈폴 고갱, 1889〉

만리성(萬里城)

밤마다 밤마다
온 하룻밤!
쌓았다 헐었다
긴 만리성(萬里城)!

Erdbeeren
〈오귀스트 르누아르, 1905〉

수아(樹芽)

설다 해도
웬만한,
봄이 아니어,
나무도 가지마다 눈을 텄어라!

Rosenhain
〈오귀스트 르누아르, 1870〉

5.

한
때

한
때

Danseuse
⟨오귀스트 르누아르, 1874⟩

담배

나의 긴 한숨을 동무하는
못 잊게 생각나는 나의 담배 !
내력을 잊어버린 옛 시절에
났다가 새없이 몸이 가신
아씨님 두덤 위의 풀이라고
말하는 사람도 보았어라.
어물어물 눈앞에 스러지는 검은 연기,
다만 타 불고 없어지는 불꽃.
아 나의 괴로운 이 맘이어.
나의 하염없이 쓸쓸한 많은 날은
너와 한가지로 지나가라.

Portrait of Alfred Sisley, painted by Pierre-Auguste
Renoir in 1874
〈오귀스트 르누아르, 1876〉

실제 2

이 가람과 저 가람이 모두 처 흘러
그 무엇을 뜻하는고?

미더움을 모르는 당신의 맘

죽은 듯이 어두운 깊은 골의
꺼림칙한 괴로운 몹쓸 꿈의
푸르죽죽한 불길은 흐르지만
더듬기에 지치운 두 손길은
불어 가는 바람에 식히셔요
밝고 호젓한 보름달이
새벽의 흔들리는 물노래로

수줍음에 추움에 숨을 듯이
떨고 있는 물 밑은 여기외다.

미더움을 모르는 당신의 맘

저 산(山)과 이 산(山)이 마주서서
그 무엇을 뜻하는고?

La vague
〈오귀스트 르누아르, 1879〉

어버이

잘살며 못살며 할 일이 아니라
죽지 못해 산다는 말이 있나니
바이 못할 거도 아니지마는
금년에 열네 살, 아들딸이 있어서
순북이 아부님은 못 하노란다.

Mädchenbildnis (Elisabeth Maître)
〈오귀스트 르누아르, 1879〉

부모

낙엽(落葉)이 우수수 떨어질 때,
겨울의 기나긴 밤,
어머님하고 둘이 앉아
옛이야기 들어라.
나는 어쩌면 생겨나와
이 이야기 듣는가?
묻지도 말아라, 내일(來日)날에
내가 부모(父母) 되어서 알아보랴?

Badende bei La Grenoullière
〈클로드 모네, 1869〉

후살이

홀로된 그 여자(女子)

근일(近日)에 와서는 후살이 간다 하여라.

그렇지 않으랴, 그 사람 떠나서

이제 십년(十年),

저 혼자 더 살은 오늘날에 와서야……

모두 다 그럴듯한 사람 사는 일레요.

잊었던 맘

집을 떠나 먼 저곳에

외로이도 다니던 내 심사를!

바람 불어 봄꽃이 필 때에는

어찌타 그대는 또 왔는가.

저도 잊고 나니 저 모르던 그대

어찌하여 옛날의 꿈조차 함께 오는가.

쓸데도 없이 서럽게만 오고 가는 맘.

Spaziergang auf den Klippen
〈클로드 모네, 1882〉

봄비

어룰없이 지는 꽃은 가는 봄인데
어룰없이 오는 비에 봄은 울어라.
서럽다, 이 나의 가슴 속에는 !
보라 높은 구름 나무의 푸릇한 가지.
그러나 해 늦으니 으스름인가.
애달피 고운 비는 그어 오지만
내 몸은 꽃자리에 주저앉아 우노라.

Windmühlen bei Zaandam
〈클로드 모네, 1872〉

비단안개

눈들이 비단 안개에 둘리울 때,
그때는 차마 잊지 못할 때러라.
만나서 울던 때도 그런 날이오,
그리워 미친 날도 그런 때러라.

눈들이 비단 안개에 둘리울 때,
그때는 홀 목숨은 못살 때러라.
눈 풀리는 가지에 당치맛귀로
젊은 계집 목매고 달릴 때러라.

눈들이 비단 안개에 둘리울 때,
그때는 종달새 솟을 때러라.

들에랴, 바다에랴, 하늘에서랴,
아지 못할 무엇에 취(醉)할 때러라.

눈들이 비단 안개에 둘리울 때,
그때는 차마 잊지 못할 때러라.
첫사랑 있던 때도 그런 날이오
영 이별 있던 날도 그런 때러라.

Das Parlament in London
〈클로드 모네, 1904〉

기 억

왔다고 할지라도 자취도 없는
분명치 못한 꿈을 맘에 안고서
어린 듯 대문 밖에 비껴 기대서
구름 가는 하늘을 바라봅니다.

바라는 볼지라도 하늘 끝에도
하늘은 끝에까지 꿈길은 없고
오고 가는 구름은 구름은 가도
하늘뿐 그리 그냥 늘 있습니다.

뿌리가 죽지 않고 살아 있으면
자갯돌 밭에서도 풀이 피듯이
기억의 가시밭에 꿈이 핍니다.

Antonin Proust
⟨에두아르 마네, 1880⟩

애모(愛慕)

왜 아니 오시나요.
영창(映窓)에는 달빛, 매화(梅花)꽃이
그림자는 산란(散亂)히 휘젓는데.
아이. 눈 꽉 감고 요대로 잠을 들자.

저 멀리 들리는 것!
봄철의 밀물소리
물나라의 영롱(玲瓏)한 구중궁궐(九重宮闕),
궁궐(宮闕)의 오요한 곳,
잠 못 드는 용녀(龍女)의 춤과 노래,
봄철의 밀물소리.

어두운 가슴속의 구석구석……

환연한 거울 속에, 봄 구름 잠긴 곳에,

소솔비 내리며, 달무리 둘려라.

이다지 왜 아니 오시나요.

왜 아니 오시나요.

L'Exécution de Maximilien
〈에두아르 마네, 1868〉

몹쓸 꿈

봄 새벽의 몹쓸 꿈

깨고 나면!

우짖는 까막까치, 놀라는 소리,

너희들은 눈에 무엇이 보이느냐.

봄철의 좋은 새벽, 풀 이슬 맺혔어라.

볼지어다. 세월(歲月)은 도무지 편안(便安)한데,

두새없는 저 까마귀, 새들게 우짖는 저 까치야,

나의 흉(凶)한 꿈 보이느냐?

고요히 또 봄바람은 봄의 빈 들을 지나가며,

이윽고 동산에서는 꽃잎들이 흩어질 때,

말 들어라, 애틋한 이 여자(女子)야,

사랑의 때문에는

모두 다 사나운 조짐(兆朕)인 듯,

가슴을 뒤놓아라.

Head of Christ
〈에두아르 마네, 1865〉

그를 꿈꾼 밤

야밤중, 불빛이 발갛게
어렴풋이 보여라.

들리는 듯, 마는 듯,
발자국 소리.
스러져 가는 발자국 소리.

아무리 혼자 누어 몸을 뒤집어도
잃어버린 잠은 다시 안와라.

야밤중, 불빛이 발갛게
어렴풋이 보여라.

Lady with a Fan
〈에두아르 마네, 1862〉

여자의 냄새

푸른 구름의 옷 입은 달의 냄새.
붉은 구름의 옷 입은 해의 냄새.
아니, 땀 냄새, 때 묻은 냄새,
비에 맞아 차가운 살과 옷 냄새.

푸른 바다…… 어즐이는 배……
보드라운 그리운 어떤 목숨의
조그마한 푸릇한 그무러진 영(靈)
어우러져 비끼는 살의 아우성……

다시는 장사(葬事) 지나간 숲속의 냄새.
유령(幽靈) 실은 널뛰는 뱃간의 냄새.

생고기의 바다의 냄새.

늦은 봄의 하늘을 떠도는 냄새.

모래 둔덕 바람은 그물 안개를 불고

먼 거리의 불빛은 달 저녁을 울어라.

냄새 많은 그 몸이 좋습니다.

냄새 많은 그 몸이 좋습니다.

Schwalben
〈에두아르 마네, 1873〉

분 얼굴

불빛에 떠오르는 새뽀얀 얼굴,
그 얼굴이 보내는 호젓한 냄새,
오고가는 입술의 주고받는 잔(盞),
가느스름한 손길은 아른대어라.

검으스러하면서도 붉으스러한
어렴풋하면서도 다시 분명(分明)한
줄 그늘 위에 그대의 목소리,
달빛이 수풀 위를 떠 흐르는가.

그대하고 나하고 또는 그 계집

밤에 노는 세 사람, 밤의 세 사람,

다시금 술잔 위의 긴 봄밤은

소리도 없이 창(窓) 밖으로 새여 빠져라.

La Loterie
〈빈센트 반 고흐, 1882〉

아내 몸

들고 나는 밀물에
배 떠나간 자리야 있으랴.
어지른 아내인 남의 몸인 그대요,
「아주 엄마 엄마라고 불리우기 전에」

굴뚝이기에 연기가 나고
돌바우 아니기에 좀이 들어라.
젊으나 젊으신 청하늘인 그대요,
「착한 일 하신 분네는 천당가옵시리라」

Plaster Statuette of a Female Torso
〈빈센트 반 고흐, 1887〉

서울 밤

붉은 전등(電燈).

푸른 전등(電燈).

널따란 거리면 푸른 전등(電燈).

막다른 골목이면 붉은 전등(電燈).

전등(電燈)은 반짝입니다.

전등(電燈)은 그무립니다.

전등(電燈)은 또다시 어스레합니다.

전등(電燈)은 죽은 듯한 긴 밤을 지킵니다.

나의 가슴의 속모를 곳의

어둡고 밝은 그 속에서도

붉은 전등(電燈)이 흐느껴 웁니다.

푸른 전등(電燈)이 흐느껴 웁니다.

Le jardin du docteur Gachet à Auvers sur Oise
〈빈센트 반 고흐, 1890〉

La Berceuse (Augustine Roulin)
〈빈센트 반 고흐, 1889〉

붉은 전등(電燈).

푸른 전등(電燈).

머나먼 밤하늘은 새캄합니다.

머나먼 밤하늘은 새캄합니다.

서울 거리가 좋다고 해요.

서울 밤이 좋다고 해요.

붉은 전등(電燈).

푸른 전등(電燈).

나의 가슴의 속모를 곳의

푸른 전등(電燈)은 고적(孤寂)합니다.

붉은 전등(電燈)은 고적(孤寂)합니다.

6.

반

달

Self - Portrait with Grey Felt Hat
〈빈센트 반 고흐, 1887〉

가을 아침에

어둑한 퍼스렷한 하늘 아래서
회색(灰色)의 지붕들은 번쩍거리며,
성깃한 섶나무의 드문 수풀을
바람은 오다가다 울며 만날 때,
보일락 말락 하는 멧골에서는
안개가 어스러히 흘러 쌓여라.

아아 이는 찬비 온 새벽이어라.
냇물도 잎새 아래 얼어붙누나.
눈물에 쌓여 오는 모든 기억(記憶)은
피 흘린 상처(傷處)조차 아직 새로운
가주난 아기같이 울며 서두는
내 영(靈)을 에워싸고 속살거리려라.

그대의 가슴속이 가볍던 날
그리운 그 한때는 언제였었노!
아아 어루만지는 고운 그 소리
쓰라린 가슴에서 속살거리는,
미움도 부끄럼도 잊은 소리에,
끝없이 하염없이 나는 울어라.

Vision nach der Predigt
〈폴 고갱, 1888〉

가을 저녁에

물은 희고 길구나, 하늘보다도.
구름은 붉구나, 해보다도.
서럽다, 높아가는 긴 들 끝에
나는 떠돌며 울며 생각한다, 그대를

그늘 깊어 오르는 발 앞으로
끝없이 나아가는 길은 앞으로.
키높은 나무 아래로, 물 마을은
성깃한 가지가지 새로 떠오른다.

그 누가 온다고 한 言約도 없건마는 !

기다려 볼 사람도 없건마는 !

나는 오히려 못 물가를 싸고 떠돈다.

그 못물로는 놀이 잦을 때.

Am Meer (Fatata te miti)
〈폴 고갱, 1892〉

반달

희멀끔하여 떠돈다, 하늘 우에
빛 죽은 반달이 언제 올랐구나!
바람은 나온다, 저녁은 춥구나,
흰 물가엔 뚜렷이 해가 드누나.

어두컴컴한 풀 없는 들은
찬 안개 우흐로 떠 흐른다.
아, 겨울은 깊었다, 내 몸에는,
가슴이 무너져 내려앉는 이 서름아 !

가는 님은 가슴엣 사랑까지 없애고 가고

젊음은 늙음으로 바뀌어든다.

들가시나무이 밤드는 검은 가지

잎새들만 저녁 빛에 희그무려히 꽃지듯 한다.

Stillleben mit Früchten
〈폴 고갱, 1888〉

7.

귀
뚜
라
미

Tahitierinnen am Strand
〈폴 고갱, 1892〉

만나려는 심사

저녁 해는 지고서 어스름의 길,
저 먼 산(山)엔 어두워 잃어진 구름,
만나려는 심사는 웬 셈일까요,
그 사람이야 올 길 바이없는데,
발길은 누 마중을 가잔 말이냐.
하늘엔 달 오르며 우는 기러기.

Stillleben mit Mandoline
〈폴 고갱, 1885〉

옛 날

잃어진 그 옛날이 하도 그리워
무심(無心)히 저녁 하늘 쳐다봅니다.
실낱같은 초순(初旬)달 혼자 돌다가
고요히 꿈결처럼 스러집니다.

실낱같은 초순(初旬)달 하늘 돌다가
고요히 꿈결처럼 스러지길래
잃어진 그 옛날이 못내 그리워
다시금 이 내맘은 한숨 쉽니다

Die Frau mit der Blume
〈폴 고갱, 1891〉

깊이 믿던 심성

깊이 믿던 심성(心誠)이
황량(荒凉)한 내 가슴 속에,
오고가는 두서너
구우(舊友)를 보면서 하는 말이
이제는, 당신네들도 다 쓸데없구려!

Zwiebeln
〈오귀스트 르누아르, 1881〉

꿈 2

꿈? 영(靈)의 헤적임. 설움의 고향(故鄕).
울자, 내 사랑, 꽃 지고 저무는 봄.

Young Spanish Woman with a Guitar
〈오귀스트 르누아르, 1898〉

님과 벗

벗은 설움에서 반갑고
님은 사랑에서 좋아라.
딸기꽃 피어서 향기(香氣)로운 때를
苦草의 붉은 열매 익어가는 밤을
그대여, 부르라, 나는 마시리.

Alphonsine Fournaise (1845-1937)
〈오귀스트 르누아르, 1879〉

지연(紙鳶)

오후(午後)의 네길거리 해가 들었다,
시정(市井)의 첫겨울의 적막(寂寞)함이여,
우뚝히 문어귀에 혼자 섰으면,
흰 눈의 잎사귀, 지연(紙鳶)이 뜬다.

Pont-Neuf
〈오귀스트 르누아르, 1872〉

오시는 눈

땅 위에 새하얗게 오시는 눈.
기다리는 날에는 오시는 눈.
오늘도 저 안 온 날 오시는 눈.
저녁불 켤 때마다 오시는 눈.

Pappeln im Sonnenlicht
〈클로드 모네, 1887〉

설움의 덩이

꿇어앉아 올리는 향로(香爐)의 향(香)불.
내 가슴에 조그만 설움의 덩이.
초닷새 달 그늘에 빗물이 운다.
내 가슴에 조그만 설움의 덩이.

Sommer, Mohnblumenfeld
〈클로드 모네, 1875〉

낙천

살기에 이러한 세상이라고
맘을 그렇게나 먹어야지,
살기에 이러한 세상이라고,
꽃 지고 잎 진 가지에 바람이 운다.

Überwinternde Boote
〈클로드 모네, 1885〉

바람과 봄

봄에 부는 바람, 바람 부는 봄,
적은가지 흔들리는 부는 봄바람,
내 가슴 흔들리는 바람, 부는 봄,
봄이라 바람이라 이내 몸에는
꽃이라 술잔이라 하며 우노라.

Die Zaan bei Zaandam
〈클로드 모네, 1871〉

눈

새하얀 흰 눈, 가벼웁게 밟을 눈,
재가 타서 날릴 듯 꺼질 듯한 눈,
바람엔 흩어져도 불길에야 녹을 눈.
계집의 마음. 님의 마음.

Basket of Fruit
〈에두아르 마네, 1864〉

깊고 깊은 언약

몹쓸은 꿈을 깨여 돌아누울 때,
봄이 와서 맷나물 돋아나올 때,
아름다운 젊은이 앞을 지날 때,
잊어버렸던 듯이 저도 모르게,
얼결에 생각나는 〈깊고 깊은 언약〉

Spanish Ballet
〈에두아르 마네, 1862〉

붉은 조수

바람에 밀려드는 저 붉은 조수
저 붉은 조수가 밀어들 때마다
나는 저 바람 우에 올라서서
푸릇한 구름의 옷을 입고
불같은 저 해를 품에 안고
저 붉은 조수와 나는 함께
뛰놀고 싶구나, 저 붉은 조수와.

La pêche
〈에두아르 마네, 1862〉

남의 나라 땅

돌아다 보이는 무쇠다리
얼결에 띄워 건너서서
숨 고르고 발 놓는 남의 나라 땅.

Rennen in Longchamp
〈에두아르 마네, 1864〉

천리만리

말리지 못할 만치 몸부림하며
마치 천리만리나 가고도 싶은
맘이라고나 하여 볼까.
한줄기 쏜살같이 벋은 이 길로
줄곧 치달아 올라가면
불붙는 산의, 불붙는 산의
연기는 한두 줄기 피어올라라.

Le petit Lange
〈에두아르 마네, 1861〉

생과 사

살았대나 죽었대나 같은 말을 가지고
사람은 살아서 늙어서야 죽나니,
그러하면 그 역시(亦是) 그럴 듯도 한 일을,
하필(何必)코 내 몸이라 그 무엇이 어째서
오늘도 산(山)마루에 올라서서 우느냐.

Baumstämme
〈빈센트 반 고흐, 1890〉

어인(漁人)

헛된 줄 모르고나 살면 좋아도 !
오늘도 저 너머便 마을에서는
고기잡이 배 한척 길 떠났다고.
작년(昨年)에도 바닷놀이 무서웠건만.

A Pair of Shoes
〈빈센트 반 고흐, 1886〉

귀뚜라미

산(山)바람 소리.
찬비 뜯는 소리.
그대가 세상(世上) 고락(苦樂) 말하는 날 밤에,
순막집 불도 지고 귀뚜라미 울어라.

The Harvester
〈빈센트 반 고흐, 1889〉

월색

달빛은 밝고 귀뚜라미 울 때는
우뚝이 시멋 없이 잡고 섰던 그대를
생각하는 밤이여, 오오 오늘밤
그대 찾아 데리고 서울로 가나?

The Sower
〈빈센트 반 고흐, 1888〉

8.
바다가

변하여

뽕나무밭

된다고

Junges Mädchen mit Fächer
〈폴 고갱, 1902〉

불운에 우는 그대여

불운에 우는 그대여, 나는 아노라
무엇이 그대의 불운을 지었는지도,
부는 바람에 날려,
밀물에 흘러,
굳어진 그대의 가슴 속도
모다 지나간 나의 일이면.
다시금 또 다시금
적황의 포말은 북고 하여라, 그대의 가슴속의
암청의 이끼여 거칠은 바위
치는 물가의.

Blaue Dächer bei Rouen
〈폴 고갱, 1884〉

바다가 변하야 뽕나무밭 된다고

걷잡지 못할만한 나의 이 설음,
저 무는 봄저녁에 져가는 꽃잎,
져가는 꽃잎들은 나부끼어라.
예로부터 일러 오며 하는 말에도
바다가 변하야 뽕나무밭 된다고.
그러하다, 아름다운 청춘의 때의
있다던 온갖 것은 눈에 설고
다시금 낯모르게 되다니,
보아라, 그대여, 서럽지 않은가,
봄에도 삼월의 져가는 날에
붉은 피같이 쏟아져 나리는
저기 저 꽃잎들을, 저기 저 꽃잎들을.

Landschaft (Pferd am Weg)
〈폴 고갱, 1899〉

황촉불

황촉불, 그저도 까맣게
스러져 가는 푸른 창(窓)을 기대고
소리조차 없는 흰 밤에,
나는 혼자 거울에 얼굴을 묻고
뜻 없이 생각 없이 들여다보노라.
나는 이르노니, 우리 사람들
첫날밤은 꿈속으로 보내고
죽음은 조는 동안에 와서,
별(別) 좋은 일도 없이 스러지고 말어라.

Bauernhaus in Arles
⟨폴 고갱, 1888⟩

맘에 있는 말이라고 다 할까 보냐

하소연하며 한숨을 지으며
세상을 괴로워하는 사람들이여!
말을 나쁘지 않도록 좋게 꾸밈은
달라진 이 세상의 버릇이라고, 오오 그대들!
맘에 있는 말이라고 다 할까보냐.
두세 번(番) 생각하라, 위선(爲先) 그것이
저부터 밑지고 들어가는 장사일진댄.
사는 법(法)이 근심은 못 같은 다고,
남의 설움을 남은 몰라라.
말마라, 세상, 세상 사람은
세상에 좋은 이름 좋은 말로써
한 사람을 속옷마저 벗긴 뒤에는

Frau mit Haarknoten
〈폴 고갱, 1886〉

Der grüne Christus
〈폴 고갱, 1889〉

그를 네길거리에 세워 놓아라,

장승도 마찬가지.

이 무슨 일이냐, 그날로부터,

세상 사람들은 제가끔

제 비위(脾胃)의 헐한 값으로

그의 몸값을 매어잡고 덤벼들어라.

오오 그러면, 그대들은 이후에라도

하늘을 우러르라,

그저 혼자,

섧거나 괴롭거나.

훗길

어버이님네들이 외우는 말이
딸과 아들을 기르기는
훗길을 보자는 심성(心誠)이로라.
그러하다, 분명(分明)히 그네들도
두 어버이 틈에서 생겼어라.
그러나 그 무엇이냐, 우리 사람!
손들어 가르치던 먼 훗날에
그네들이 또다시 자라 커서
한결같이 외우는 말이
훗길을 두고 가자는 심성(心誠)으로
아들딸을 늙도록 기르노라.

Der Markt (Ta matete)
〈폴 고갱, 1892〉

부부

오오 아내여, 나의 사랑!
하늘이 묶어준 짝이라고
믿고 살음이 마땅치 아니한가.
아직 다시 그러랴, 안 그러랴?
이상하고 별나 운 사람의 맘,
저 몰라라, 참인지, 거짓인지?
정분(情分)으로 얽은 딴 두 몸이라면.
서로 어그점인들 또 있으랴.
한평생(限平生)이라도 반백년(半百年)
못 사는 이 인생(人生)에!
연분(緣分)의 긴실이 그 무엇이랴?
나는 말하려노라, 아무려나,
죽어서도 한 곳에 묻히더라.

Der Markt (Ta matete)
〈폴 고갱, 1892〉

나의 집

들가에 떨어져 나가앉은 멧기슭의
넓은 바다의 물가 뒤에,
나는 지으리. 나의 집을,
다시금 큰길을 앞에다 두고.
길로 지나가는 그 사람들은
제가끔 떨어져서 혼자 가는 길.
하이얀 여울 턱에 날은 저물 때.
나는 門(문)간에 서서 기다리리.
새벽 새가 울며 지새는 그늘로
세상은 희게 또는 고요하게,
번쩍이며 오는 아침부터,
지나가는 길손을 눈여겨보며,
그대인가고, 그대인가고.

Child with Blond Hair
〈오귀스트 르누아르, 1895〉

새 벽

낙엽(落葉)이 발이 숨는 못 물가에

우뚝우뚝한 나무 그림자

물빛조차 어섬푸레히 떠오르는데,

나 혼자 섰노라, 아직도 아직도,

동(東)녘 하늘은 어두운가.

천인(天人)에도 사랑 눈물, 구름 되어,

외로운 꿈의 베개, 흐렸는가

나의 님이여, 그러나 그러나

고이도 붉으스레 물 질러 와라

하늘 밟고 저녁에 섰는 구름.

반(半)달은 중천(中天)에 지새 일 때.

Portrait de Fernand Halphen (1872-1917) enfant
〈오귀스트 르누아르, 1880〉

구름

저기 저 구름을 잡아타면
붉게도 피로 물든 저 구름을,
밤이면 새캄한 저 구름을.
잡아타고 내 몸은 저 멀리로
구만리(九萬里) 긴 하늘을 날아 건너
그대 잠든 품속에 안기렸더니,
애스러라, 그리는 못한대서,
그대여, 들으라 비가 되어
저 구름이 그대한테로 내리거든,
생각하라, 밤저녁, 내 눈물을.

Portrait de Fernand Halphen (1872-1917) enfant
〈오귀스트 르누아르, 1885〉

9.

여름의

달밤

Femme à la lettre
〈오귀스트 르누아르, 1890〉

여름의 달밤

서늘하고 달 밝은 여름밤이여
구름조차 희미한 여름밤이여
그지없이 거룩한 하늘로써는
젊음의 붉은 이슬 젖어 내려라.

행복(幸福)의 맘이 도는 높은 가지의
아슬아슬 그늘 잎새를
배불러 기어 도는 어린 벌레도
아아 모든 물결은 복(福)받았어라.

뻗어 뻗어 오르는 가시덩굴도
희미(稀微)하게 흐르는 푸른 달빛이

Head of a Young Girl (1890)
〈오귀스트 르누아르, 1890〉

Portrait of Mademoiselle Romaine Lacaux
〈오귀스트 르누아르, 1804〉

기름 같은 연기(煙氣)에 떠 감을러라.
아아 너무 좋아서 잠 못 들어라.

우긋한 풀대들은 춤을 추면서
갈잎들은 그윽한 노래 부를 때.
오오 내려 흔드는 달빛 가운데
나타나는 영원(永遠)을 말로 새겨라.

자라는 물벼 이삭 벌에서 불고
마을로 은(銀) 서듯이 오는 바람은
눅잣추는 향기(香氣)를 두고 가는데
인가(人家)들은 잠들어 고요하여라.

하루 종일(終日) 일하신 아기 아버지
농부(農夫)들도 편안(便安)히 잠들었어라.
영 기슭의 어득한 그늘 속에선
쇠스랑과 호미뿐 빛이 피어라.

이윽고 식새리소리는
밤이 들어가면서 더욱 잦을 때
나락밭 가운데의 우물 물가에는
농녀(農女)의 그림자가 아직 있어라.

달빛은 그무리며 넓은 우주(宇宙)에
잃어졌다 나오는 푸른 별이요.
식새리의 울음의 넘는 곡조(曲調)요.
아아 기쁨 가득한 여름밤이여.

삼간집에 불붙는 젊은 목숨의
정열(情熱)에 목 맺히는 우리 청춘(靑春)은
서늘한 여름 밤 잎새 아래의
희미한 달빛 속에 나부끼어라.

Still Life with Bouquet
〈오귀스트 르누아르, 1871〉

Maternité dit aussi L'Enfant au sein
(Madame Renoir et son fils Pierre)
〈오귀스트 르누아르, 1885〉

한때의 자랑 많은 우리들이여
농촌(農村)에서 지나는 여름보다도
여름의 달밤보다 더 좋은 것이
인간(人間)에 이 세상에 다시 있으랴.

조그만 괴로움도 내어버리고
고요한 가운데서 귀 기울이며
흰 달의 금물결에 노(櫓)를 저어라
푸른 밤의 하늘로 목을 놓아라.

아아 찬양(讚揚)하여라 좋은 한때를
흘러가는 목숨을 많은 행복(幸福)을.
여름의 어스러한 달밤 속에서
꿈같은 즐거움의 눈물 흘러라.

오는 봄

봄날이 오리라고 생각하면서
쓸쓸한 긴 겨울을 지나보내라.
오늘 보니 백양(白楊)의 뻗은 가지에
전(前)에 없이 흰 새가 앉아 울어라.

그러나 눈이 깔린 두던 밑에는
그늘이냐 안개냐 아지랑이냐.
마을들은 곳곳이 움직임 없이
저편(便) 하늘 아래서 평화(平和)롭건만.

새들께 지껄이는 까치의 무리.
바다를 바라보며 우는 까마귀.

Lise
〈오귀스트 르누아르, 1868〉

Femme reprisant
〈오귀스트 르누아르, 1909〉

어디로써 오는지 종경 소리는
젊은 아기 나가는 조곡(弔曲)일러라.

보라 때에 길손도 머뭇거리며
지향 없이 갈 발이 곳을 몰라라.
사무치는 눈물은 끝이 없어도
하늘을 쳐다보는 살음의 기쁨.

저마다 외로움의 깊은 근심이
오도 가도 못하는 망상거림에
오늘은 사람마다 님을 여이고
곳을 잡지 못하는 설움일러라.

오기를 기다리는 봄의 소리는
때로 여윈 손끝을 울릴지라도
수풀 밑에 서리 운 머릿결들은
걸음걸음 괴로이 발에 감겨라.

물마름

굶주린 새무리는 마른 나무의
해지는 가지에서 재갈이던 때.
온종일 흐르던 물 그도 곤(困)하여
놀지는 골짜기에 목이 메던 때.

그 누가 알았으랴 한쪽 구름도
걸려서 흐느끼는 외로운 영(嶺)을
숨차게 올라서는 여윈 길손이
달고 쓴 맛이라면 다 겪은 줄을.

그곳이 어디드냐 남이장군(南怡將軍)이
말 먹여 물 찌었던 푸른 강(江)물이

Caroline Rémy
〈오귀스트 르누아르, 1885〉

지금에 다시 흘러 뚝을 넘치는
천백리(千百里) 두만강(豆滿江)이
여기서 백십리(百十里).

무산(茂山)의 큰 고개가 예가 아니냐
누구나 예로부터 의(義)를 위하여
싸우다 못 이기면 몸을 숨겨서
한때의 못난이가 되는 법이라.

그 누가 생각하랴 삼백년래(三百年來)에
차마 받지 다 못할 한(恨)과 모욕(侮辱)을
못 이겨 칼을 잡고 일어섰다가
인력(人力)의 다함에서 쓰러진 줄을.

부러진 대쪽으로 활을 메우고
녹슬은 호미쇠로 칼을 별러서

Gladioli in a Vase
〈오귀스트 르누아르, 1875〉

도독(毒)된 삼천리(三千里)에 북을 울리며
정의(正義)의 기(旗)를 들던 그 사람이여.

그 누가 기억(記憶)하랴 다복동(多福洞)에서
피 물든 옷을 입고 외치던 일을
정주성(定州城) 하룻밤의 지는 달빛에
애그친 그 가슴이 숫기 된 줄을.

물위의 뜬 마름에 아침 이슬을
불붙는 산(山)마루에 피었던 꽃을
지금에 우러르며 나는 우노라
이루며 못 이룸에 박(薄)한 이름을.

Kathedrale von Rouen [2]
〈클로드 모네, 1893〉

10.

바
리
운

몸

Kathedrale von Rouen [1]
〈클로드 모네, 1893〉

우 리 집

이바루

외따로 와 지나는 사람 없으니

밤 자고 가자하며 나는 앉아라.

저 멀리, 하늘편(便)에

배는 떠나 나가는

노래 들리며

눈물은

흘러내려라

스르르 내려 감는 눈에.

꿈에도 생시에도 눈에 선한 우리 집

또 저 산(山) 넘어 넘어
구름은 가라

Kap Martin bei Menton
〈클로드 모네, 1880〉

들돌이

들꽃은
피어
흩어졌어라.

들풀은
들로 한 벌 가득히 자라 높았는데
뱀의 헐벗은 묵은 옷은
길 분전의 바람에 날아돌아라.

저 보아, 곳곳이 모든 것은
번쩍이며 살아 있어라.
두 나래 펼쳐 떨며
소리개도 높이 떴어라.

때에 이내 몸
가다가 또다시 쉬기도 하며,
숨에 찬 내 가슴은
기쁨으로 채워져 사뭇 넘쳐라.

걸음은 다시금 또 더 앞으로⋯⋯

Schnee in Argenteuil
⟨클로드 모네, 1875⟩

바리운 몸

꿈에 울고 일어나
들에
나와라.

들에는 소슬비
개구리는 울어라.
들 그늘 어두운데

뒷짐 지고 땅 보며 머뭇거릴 때.

누가 반딧불 꾀어드는 수풀 속에서
간다 잘 살어라 하며, 노래 불러라.

Pappeln an der Epte
〈클로드 모네, 1900〉

바라건대는 우리에게
우리의 보습 대일 땅이 있었다면

나는 꿈꾸었노라, 동무들과 내가 가지런히
벌가의 하루 일을 다 마치고
석양(夕陽)에 마을로 돌아오는 꿈을,
즐거이, 꿈 가운데.

그러나 집 잃은 내 몸이여,
바라건대는
우리에게 우리의 보섭 대일 땅이 있었다면!
이처럼 떠돌으랴, 아침에 저물 손에
새라 새로운 탄식(歎息)을 얻으면서.

Pappel-Serie, Wind
〈클로드 모네, 1891〉

바라건대는 우리에게 우리의 보습 대일 땅이 있었다면　203

Boulevard des Capucines
〈클로드 모네, 1873〉

동(東)이랴, 남북(南北)이랴,

내 몸은 떠가나니, 볼지어다.

희망(希望)의 반짝임은, 별빛이 아득 임은,

물결뿐 떠올라라, 가슴에 팔 다리에.

그러나 어쩌면 황송한

이 심정(心情)을! 날로 나날이

내 앞에는

자칫 가을은 길이 이어가라,

나는 나아가리라.

한 걸음, 또 한 걸음 보이는 산비탈엔

온 새벽 동무들, 저 저 혼자……

산경(山耕)을 김매이는.

밭고랑 위에서

우리 두 사람은

키 높이 가득 자란 보리밭,

밭고랑 우에 앉아서라.

일을 필하고 쉬는 동안의 기쁨이어.

지금 두 사람의 이야기에는 꽃이 필 때.

오오 빛나는 태양은 나려 쪼이며

새 무리들도 즐거운 노래, 노래 불러라.

오오 은혜요, 살아 있는 몸에는 넘치는 은혜여,

모든 은근스러움이 우리의 맘속을 차지하여라.

세계의 끝은 어디?

자애의 하늘은 넓게도 덮혀는데.

우리 두 사람은 일하며, 살아 있어서,

하늘과 태양을 바라보아라, 날마다 날마다도,

새라 새롭은 환희를 지어내며,

늘 같은 땅 우에서.

Seineufer bei Vétheuil
〈클로드 모네, 1880〉

저녁 때

마소의 무리와 사람들은 돌아들고,
적적히 빈들에,
엉머구리 소래 우거져라.
푸른 하늘은 더욱 낮추, 먼 산비탈길 어둔데
우뚝우뚝 드높은 나무, 잘 새도 깃들어라.

볼수록 넓은 벌의
물빛을 물끄러미 들여다보며
고개 수그리고 박은 듯이 홀로 서서
긴 한숨을 짓느냐, 왜 이다지 !

온 것을 아주 잊었으라, 깊은 밤 예서 함께
몸이 생각에 가벼웁고 맘이 더 높이 떠오를 때,
문득, 멀지 않은 갈대숲 새로
별빛이 솟구어라.

Die Seine bei Bougival
〈클로드 모네, 1869〉

합장

나들이. 단 두 몸이라. 밤빛은 배여와라.
아, 이거 봐, 우거진 나무 아래로 달 들어라.
우리는 말하며 걸었어라, 바람은 부는 대로.

등(燈)불 빛에 거리는 헤적여라,
희미(稀微)한 하늘편(便)에
고이 밝은 그림자 아득이고
퍽도 가까인, 풀밭에서 이슬이 번쩍여라.

밤은 막 깊어, 사방(四方)은 고요한데,
이마즉, 말도 안하고, 더 안가고,
길가에 우뚝하니. 눈감고 마주서서.

먼먼 산(山). 산(山)절의 절 종(鍾)소리. 달빛은 지새어라.

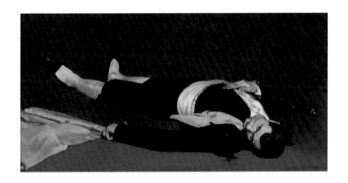

The Dead Bullfighter
〈에두아르 마네, 1864〉

묵념

이슥한 밤, 밤기운 서늘할 제
홀로 창(窓)턱에 걸어앉아, 두 다리 늘이우고,
첫 개구리 소리를 들어라.
애처롭게도, 그대는 먼저 혼자서 잠드누나.

내 몸은 생각에 잠잠할 때. 희미한 수풀로써
촌가(村家)의 액(厄)막이
제(祭)지내는 불빛은 새어오며,
이윽고,
비난수도 개구리 소리와 함께 잦아져라.
가득히 차오는 내 심령(心靈)은……
하늘과 땅 사이에.

나는 무심히 일어 걸어

그대의 잠든 몸 위에 기대어라

움직임 다시없이, 만뢰는 구적(俱寂)한데,

조요(照耀)히 내려 비추는 별빛들이

내 몸을 이끌어라, 무한(無限)히 더 가깝게.

La dame aux éventails, Nina de Callias
〈에두아르 마네, 1873〉

엄숙

나는 혼자 메 우에 올랐어라.

솟아 퍼지는 아침 햇살에

풀잎도 번쩍이며

바람은 속삭여라.

그러나

아아 내 몸의 傷處받은 맘이어

맘은 오히려 저리고 아픔에 고요히 떨려라

또 다시금 나는 이 한때에

사람에게 있는 엄숙을 모다 느끼면서.

Nana
〈에두아르 마네, 1877〉

11.

고

독

La serveuse de bocks
〈에두아르 마네, 1878〉

열락(悅樂)

어둡게 깊게 목메인 하늘.
꿈의 품속으로써 굴러 나오는
애달피 잠 안 오는 유령(幽靈)의 눈결.
그림자 검은 개버드나무에
쏟아져 내리는 비의 줄기는
흐느껴 비끼는 주문(呪文)의 소리.

시커먼 머리채 풀어헤치고
아우성하면서 가시는 따님.
헐벗은 벌레들은 꿈틀일 때,
흑혈(黑血)의 바다. 고목(枯木) 동굴(洞窟).

탁목조(啄木鳥)의

쪼아리는 소리, 쪼아리는 소리.

Schenke
〈에두아르 마네, 1878〉

무덤

그 누가 나를 헤내는 부르는 소리

불그스름한 언덕, 여기저기

돌무더기도 움직이며, 달빛에,

소리만 남은 노래 서리워 엉겨라,

옛 조상(祖上)들의 기록(記錄)을 묻어둔 그곳!

나는 두루 찾노라, 그곳에서,

형적 없는 노래 흘러 퍼져,

그림자 가득한 언덕으로 여기저기,

그 누구가 나를 헤내는 부르는 소리

부르는 소리, 부르는 소리,

내 넋을 잡아끌어 헤내는 부르는 소리.

Portrait of Antonio Proust
〈에두아르 마네, 미상〉

비난수하는 맘

함께 하려노라, 비난수하는 나의 맘,
모든 것을 한 짐에 묶어 가지고 가기까지,
아침이면 이슬 맞은 바위의 붉은 줄로,
기어오르는 해를 바라다보며, 입을 벌리고.

떠돌아라, 비난수하는 맘이어, 갈매기같이,
다만 무덤뿐이 그늘을 어른이는 하늘 위를,
바닷가의. 잃어버린 세상의 있다던
모든 것들은
차라리 내 몸이 죽어 가서 없어진 것만도
못하건만.

Portrait of Antonio Proust
〈에두아르 마네, 1882〉

The Absinthe Drinker
〈에두아르 마네, 1859〉

또는 비난수하는 나의 맘,

헐벗은 산(山) 위에서,

떨어진 잎 타서 오르는, 냇내의 한줄기로,

바람에 나부끼라 저녁은, 흩어진 거미줄의

밤에 매던 이슬은

곧 다시 떨어진다고 할지라도.

함께 하려 하노라,

오오 비난수하는 나의 맘이여,

있다가 없어지는 세상에는

오직 날과 날이 닭소리와 함께 달아나 버리며,

가까웁는,

오오 가까웁는 그대뿐이 내게 있거라!

찬 저녁

퍼르스럿한 달은, 성황당의
군데군데 헐어진 담 모도리에
우뚝히 걸리웠고, 바위 위의
까마귀 한 쌍, 바람에 나래를 펴라.

앙기한 무덤들은 들먹거리며,
눈 녹아 황토(黃土) 드러난 멧기슭의,
여기라, 거리 불빛도 떨어져 나와,
집 짓고 들었노라, 오오 가슴이여

세상은 무덤보다도 다시 멀고
눈물은 물보다 더 더움이 없어라.

오오 가슴이여, 모닥불 피어오르는
내 한세상, 마당가의 가을도 갔어라.

그러나 나는, 오히려 나는
소리를 들어라, 눈 섞인 물이 씨거리는,
땅 위에 누워서, 밤마다 누워,
담 모도리에 걸린 달을 내가 또 봄으로.

The Rue Mosnier with Flags
〈에두아르 마네, 1878〉

초혼

산산이 부서진 이름이여 !
허공(虛空) 중에 헤어진 이름이여
불러도 주인(主人) 없는 이름이여 !
부르다가 내가 죽을 이름이여 !

심중(心中)에 남아 있는 말 한마디는
끝끝내 마저 하지 못하였구나.
사랑하던 그 사람이여 !
사랑하던 그 사람이여 !

Oeillets et clématites dans un vase de cristal
〈에두아르 마네, 1882〉

La Parisienne
〈에두아르 마네, 1882〉

붉은 해는 서산(西山) 마루에 걸리었다.

사슴의 무리도 슬피 운다.

떨어져 나가 앉은 산 위에서

나는 그대의 이름을 부르노라.

설움에 겹도록 부르노라.

설움에 겹도록 부르노라.

부르는 소리는 비껴가지만

하늘과 땅 사이가 너무 넓구나.

선 채로 이 자리에 돌이 되어도

부르다가 내가 죽을 이름이여 !

사랑하던 그 사람이여 !

사랑하던 그 사람이여 !

12.

여

수

Le fumeur
〈에두아르 마네, 1866〉

여수(旅愁)

1

유(六)月 어스름 때의 빗줄기는

암황색(暗黃色)의 시골(屍骨)을 묶어세운 듯,

뜨며 흐르며 잠기는 손의 널쪽은

지향도 없어라, 단청(丹靑)의 홍문(紅門)

2

저 오늘도 그리운 바다,

건너다보자니 눈물겨워라 !

조그마한 보드라운 그 옛적 심정의

분결같은 그대의 손의

사시나무보다도 더한 아픔이

내 몸을 에워싸고 휘떨며 찔러라,

나서 자란 고향(故鄕)의 해 돋는 바다요.

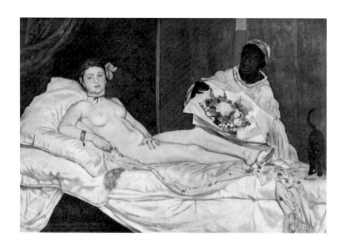

Olympia [1]
〈에두아르 마네, 1863〉

13.

진
달
래
꽃

Sunflowers
〈빈센트 반 고흐, 1889〉

개여울의 노래

그대가 바람으로 생겨났으면
달 돋는 개여울의 빈 들 속에서
내 옷의 앞자락을 불기나 하지.

우리가 굼벵이로 생겨났으면
비 오는 저녁 캄캄한 재 기슭의
미욱한 꿈이나 꾸어를 보지.

만일에 그대가 바다난 끝의
벼랑에 돌로나 생겨 났더면
둘이 안고 떨어나지지.

만일에 나의 몸이 불귀신이면
그대의 가슴 속을 밤도와 태워
둘이 함께 재 되어 스러지지.

Sunflowers
〈빈센트 반 고흐, 1887〉

길

어제도 하룻밤
나그네 집에
까마귀 가왁가왁 울며 새었소.

오늘은
또 몇 십리(十里)
어디로 갈까.

산(山)으로 올라갈까
들로 갈까
오라는 곳이 없어 나는 못 가오.

Fabriken
〈빈센트 반 고흐, 1887〉

Self-Portrait
〈빈센트 반 고흐, 1889〉

말 마소, 내 집도
정주곽산(定州郭山)
차(車) 가고 배가는 곳이라오.

여보소, 공중에
저 기러기
공중엔 길 있어서 잘 가는가?

여보소, 공중에
저 기러기
열십자(十字) 복판에 내가 섰소.

갈래갈래 갈린 길
길이라도
내게 바이 갈 길이 하나 없소.

개여울

당신은 무슨 일로
그리합니까?
홀로이 개여울에 주저앉아서

파릇한 풀포기가
돋아나오고
잔물은 봄바람에 해적일 때에

가도 아주 가지는
않노라 시던
그러한 약속이 있었겠지요.

날마다 개여울에

나와 앉아서

하염없이 무엇을 생각합니다.

가도 아주 가지는

않노라 심은

굳이 잊지 말라는 부탁인지요.

The Night Café in Arles
〈빈센트 반 고흐, 1888〉

가 는 길

그립다
말을 할까
하니 그리워

그냥 갈까
그래도

다시 더 한 번

저 산(山)에도 까마귀, 들에 까마귀
서산(西山)에는 해 진다고
지저귑다.

앞강(江)물 뒷강(江)물

흐르는 물은

어서 따라오라고 따라가지고

흘러도 연달아 흐릅디다려.

Irises
〈빈센트 반 고흐, 1889〉

왕십리

비가 온다
오누나
오는 비는
올지라도 한 닷새 왔으면 좋지.

여드레 스무날엔
온다고 하고
초하루 삭망이면 간다고 했지
가도 가도 왕십리 비가 오네.

웬걸, 저 새야
울랴 거든

왕십리 건너가서 울어나다고
비 맞아 나른해서 별새가 운다.

천안에 삼거리 실버들도
촉촉이 젖어서 늘어졌다네
비가와도 한 닷새 왔으면 좋지
구름도 산마루에 걸려서 운다.

Red Vineyards at Arles
〈빈센트 반 고흐, 1888〉

원앙침

바드득 이를 갈고
죽어 볼까요
창(窓)가에 아롱아롱
달이 비친다

눈물은 새우잠의
팔꿈치베개요
봄 꿩은 잠이 없어
밤에 와 운다.

Irises
〈빈센트 반 고흐, 1890〉

Almond Tree in Blossom
〈빈센트 반 고흐, 1888〉

두동달이베개는

어디 갔는고

언제는 둘이 자던 베갯머리에

죽자 사자 언약도 하여 보았지.

봄 메의 멧기슭에

우는 접동도

내 사랑 내 사랑

조히 울것다.

두동달이베개는

어디 갔는고

창(窓)가에 아롱아롱

달이 비친다

무심

시집 와서 삼년
오는 봄은
거친 별 난 별에 왔습니다

거친 별 난 별에 피는 꽃은
졌다가도 피노라 이럽디다
소식 없이 기다린
이태 삼년

바로 가던 앞강이 간 봄부터
굽어 돌아 휘돌아 흐른다고
그러나 말 마소, 앞 여울의
물빛은 예대로 푸르렀소

시집와서 삼 년

어느 때나

터진 개여울의 여울물은

거친 별 난 별에 흘렀습니다.

Vairumati
〈폴 고갱, 1897〉

산

산(山)새도 오리나무

위에서 운다

산(山)새는 왜 우노, 시메산(山)골

영(嶺) 넘어 갈라고 그래서 울지.

눈은 내리네, 와서 덮이네.

오늘도 하룻길

칠팔십리(七八十里)

돌아서서 육십리(六十里)는 가기도 했소.

불귀(不歸), 불귀(不歸), 다시 불귀(不歸),

삼수갑산(三水甲山)에 다시 불귀(不歸).

사나이 속이라 잊으련만,

오십년(十五年) 정분을 못 잊겠네

산에는 오는 눈, 물에는 녹는 눈.

산(山)새도 오리나무

위에서 운다.

삼수갑산(三水甲山) 가는 길은 고개의 길

Der Schinken
〈폴 고갱, 1889〉

진달래꽃

나 보기가 역겨워

가실 때에는

말없이 고이 보내 드리우리다.

영변에 약산

진달래꽃

아름 따다 가실 길에 뿌리우리다.

가시는 걸음걸음

놓인 그 꽃을

사뿐히 즈려 밟고 가시옵소서.

나 보기가 역겨워

가실 때에는

죽어도 아니 눈물 흘리우리다.

Die Mittagsruhe
〈폴 고갱, 1894〉

삭주구성(朔州龜城)

물로 사흘 배 사흘

먼 삼천 리

더더구나 걸어 넘는 먼 삼천 리

삭주구성(朔州龜城)은 산(山)을 넘은 육천리요

물 맞아 함박이 젖은 제비도

가다가 비에 걸려 오노랍니다.

저녁에는 높은 산

밤에 높은 산

Poèmes barbares
〈폴 고갱, 1896〉

Reiter am Strand [1]
〈폴 고갱, 1902〉

삭주구성은 산 넘어
먼 육천 리
가끔가끔 꿈에는 사오천 리
가다오다 돌아오는 길이겠지요

서로 떠난 몸이길래 몸이 그리워
님을 둔 곳이길래 곳이 그리워
못 보았소 새들도 집이 그리워
남북으로 오며가며 아니합디까

들 끝에 날아가는 나는 구름은
반쯤은 어디 바로 가 있을텐고
삭주 구성은 산 넘어
먼 육천 리

널

성촌(城村)의 아가씨들
널 뛰노나
초파일날이라고
널을 뛰지요

바람 불어요
바람이 분다고!
담 안에는 수양(垂楊)의 버드나무
채색(彩色)줄 층층(層層) 그네 매지를 말아요

담밖에는 수양(垂楊)의 늘어진 가지
늘어진 가지는

오오 누나!

휘젓이 늘어져서 그늘이 깊소.

좋다 봄날은

몸에 겹지

널뛰는 성촌(城村)의 아가씨네들

널은 사랑의 버릇이라오

Geburt Christi
⟨폴 고갱, 1896⟩

춘향과 이도령

평양(平壤)에 대동강(大同江)은 우리나라에
곱기로 으뜸가는 가람이지요

삼천리(三千里) 가다가다 한가운데는
우뚝한 삼각산(三角山)이 솟기도 했소

그래 옳소 내 누님, 오오 누이님
우리나라 섬기던 한 옛적에는
춘향(春香)과 이도령(李道令)도 살았다지요

이편(便)에는 함양(咸陽), 저편(便)에 담양(潭陽),

꿈에는 가끔가끔 산(山)을 넘어

오작교(烏鵲橋) 찾아 찾아가기도 했소

그래 옳소 누이님 오오 내 누님

해 돋고 달 돋아 남원(南原) 땅에는

성춘향(成春香) 아가씨가 살았다지요

Landschaft bei Osny
〈폴 고갱, 1881〉

접동새

접동
접동
아우래비 접동

진두강 가람 가에 살던 누나는
진두가 앞마을에
와서 웁니다.

옛날 우리나라
먼 뒤쪽의
진두강 가람 가에 살던 누나는
의붓어미 시샘에 죽었습니다.
누나라고 불러 보랴

오오 불설워

시샘에 몸이 죽은 우리 누나는

죽어서 접동새가 되었습니다.

아홉이나 남아 되는 오랍동생을

죽어서도 못 잊어 차마 못 잊어

야삼경 다 자는 밤이 깊으면

이산 저산 옮아가며 슬피 웁니다.

Frauen und Schimmel
〈폴 고갱, 1903〉

집 생각

산(山)에나 올라서서
바다를 보라
사면(四面)에 백(百) 열리(里), 창파(滄波) 중에
객선(客船)만 둥둥…… 떠나간다.

명산대찰(名山大刹)이 그 어디메냐
향안(香案), 향합(香盒), 대그릇에,
석양(夕陽)이 산(山)머리 넘어가고
사면(四面)에 백(百) 열리(里), 물소리라

젊어서 꽃 같은 오늘날로
금의(錦衣)로 환고향(還故鄕)하옵소사.

jeune femme au chapeau vert
〈오귀스트 르누아르, 1876〉

Danse à la campagne
〈오귀스트 르누아르, 1883〉

객선(客船)만 둥둥…… 떠나간다
사면(四面)에 백(百) 열리(里), 나 어찌 갈까

까투리도 산(山) 속에 새끼치고
타관만리(他關萬里)에 와 있노라고
산(山) 중만 바라보며 목메인다
눈물이 앞을 가리운다고

들에나 내려오면
쳐다보라
해님과 달님이 넘나든 고개
구름만 첩첩……떠돌아간다

산유화

산에는 꽃 피네
꽃이 피네
갈 봄 여름 없이
꽃이 피네.

산에
산에
피는 꽃은
저만치 혼자서 피어 있네.

산에서 우는 작은 새여
꽃이 좋아
산에서

사노라네.

산에는 꽃 지네
꽃이 지네
갈 봄 여름 없이
꽃이 지네.

La Lecture
〈오귀스트 르누아르, 1891〉

14.
꽃촉불

켜는

밤

Portrait of Madame Henriot
〈오귀스트 르누아르, 1876〉

꽃촉불 켜는 밤

꽃촉(燭)불 켜는 밤, 깊은 골방에 만나라.
아직 젊어 모를 몸, 그래도 그들은
해 달 같이 밝은 맘, 저저마다 있노라.
그러나 사랑은 한두 번(番)만 아니라,
그들은 모르고.

꽃촉(燭)불 켜는 밤,
어스러한 창(窓) 아래 만나라.
아직 앞길 모를 몸, 그래도 그들은
솔대 같이 굳은 맘, 저저마다 있노라.
그러나 세상은, 눈물날 일 많아라,
그들은 모르고.

La liseuse
〈오귀스트 르누아르, 1874〉

부귀공명

거울 들어 마주온 내 얼굴을
좀 더 미리부터 알았던들 !
늙는 날 죽는 날을
사람은 다 모르고 사는 탓에,
오오 오직 이것이 참이라면,
그러나 내 세상이 어디인지 ?
지금부터 두여들 좋은 연광
다시 와서 네게도 있을 말로
전보다 좀 더 전보다 좀더
살음직이 살는지 모르련만.
겨울 들어 마주온 내 얼굴을
좀 더 미리부터 알았던들

Julie Manet (plus tard Mme Ernest Rouart
1878-1966),dit aussi L'Enfant au chat
〈오귀스트 르누아르, 1887〉

추회(追懷)

나쁜 일까지라도 생의 노력,
그 사람은 선사도 하였어라
그러나 그것도 허사라고 !
나 역시 알지마는, 우리들은
끝끝내 고개를 넘고 넘어
짐 싣고 닫던 말도 순막집의
허청가 석양 손에
고요히 조는 한때는 다 있나니,
고요히 조는 한때는 다 있나니.

Odalisque
〈오귀스트 르누아르〉

무신(無信)

그대가 돌이켜 물을 줄도 내가 아노라,

무엇이 무신(無信)함이 있더냐? 하고,

그러나 무엇하랴 오늘날은

야속히도 당장에 우리 눈으로

볼 수 없는 그것을, 물과 같이

흘러가서 없어진 맘이라고 하면.

검은 구름은 멧기슭에서 어정거리며,
애처롭게도 우는 산(山)의 사슴이
내 품에 속속들이 붙안기는 듯.
그러나 밀물도 쎄이고 밤은 어두워
닻 주었던 자리는 알 길이 없어라.
시정(市井)의 흥정 일은
외상(外上)으로 주고받기도 하건마는.

Regatta at Argenteuil
〈오귀스트 르누아르, 1874〉

꿈 길

물 구슬의 봄 새벽 아득한 길

하늘이며 들 사이에 넓은 숲

젖은 향기(香氣) 불긋한 잎 위의 길

실그물의 바람 비쳐 젖은 숲

나는 걸어가노라 이러한 길

밤저녁의 그늘진 그대의 꿈

흔들리는 다리 위 무지개 길

바람조차 가을 봄 걷히는 꿈

In the Meadow
〈오귀스트 르누아르, 1888〉

사노라면 사람은 죽는 것을

하루라도 몇 번(番)씩 내 생각은
내가 무엇하려고 살려는지?
모르고 살았노라, 그럴 말로
그러나 흐르는 저 냇물이
흘러가서 바다로 든댈진댄.
일로조차 그러면, 이 내 몸은
애쓴다고는 말부터 잊으리라.
사노라면 사람은 죽는 것을
그러나, 다시 내 몸,
봄빛의 불붙는 사태흙에
집 짓는 저 개아미
나도 살려 하노라, 그와 같이

사는 날 그날까지

살음에 즐거워서,

사는 것이 사람의 본뜻이면

오오 그러면 내 몸에는

다시는 애쓸 일도 더 없어라

사노라면 사람은 죽는 것을.

L'étang de canard
〈오귀스트 르누아르, 1873〉

하다못해 죽어 달려가 올라

아주 나는 바랄 것 더 없노라
빛이랴 허공이랴,
소리만 남은 내 노래를
바람에나 띄워서 보낼밖에.
하다못해 죽어 달려가 올라
좀 더 높은 데서나 보았으면!

한세상 다 살아도
살은 뒤 없을 것을,
내가 다 아노라 지금까지
살아서 이만큼 자랐으니.
예전에 지나 본 모든 일을
살았다고 이를 수 있을진댄!

물가의 닳아져 널린 굴꺼풀에

붉은 가시덤불 뻗어 늙고

어득어득 저문 날을

비바람에 울지는 돌무더기

하다못해 죽어 달려가 올라

밤의 고요한 때라도 지켰으면!

Paysage de neige
〈오귀스트 르누아르, 1870〉

희망

날은 저물고 눈이 나려라
낯 설은 물가로 내가 왔을 때.
산(山) 속의 올빼미 울고 울며
떨어진 잎들은 눈 아래로 깔려라.

아아 숙살(肅殺)스러운 풍경(風景)이여
지혜(智慧)의 눈물을 내가 얻을 때!
이제금 알기는 알았건마는!
이 세상 모든 것을
한갓 아름다운 눈어림의
그림자뿐인 줄을.

이울어 향기(香氣) 깊은 가을밤에

오므라진 나무 그림자

바람과 비가 우는 낙엽(落葉) 위에.

Seerosen [1]
〈클로드 모네, 1918〉

전 망

뿌옇한 하늘, 날도 채 밝지 않았는데,
흰 눈이 우멍구멍 쌓인 새벽,
저 남편(便) 물가 위에
이상한 구름은 층층대(層層臺) 떠올라라.

마을 아기는
무리 지어 서제(書齊)로 올라들 가고,
시집살이하는 젊은이들은
가끔가끔 우물길 나들어라.

소삭(蕭索)한 난간(欄干) 위를 거닐으며
내가 볼 때 온 아침, 내 가슴의,

좁혀 옮긴 그림장(張)이 한 옆을,
한갓 더운 눈물로 어룽지게.

어깨 위에 총(銃) 매인 사냥바치
반백(半白)의 머리털에 바람 불며
한번 달음박질. 올 길 다 왔어라.
흰 눈이 만산편야(滿山遍野)에 쌓인 아침.

Mohnblumen
〈클로드 모네, 1873〉

나는 세상모르고 살았노라

가고 오지 못한다는 말을
철없던 내 귀로 들었노라.
만수산(萬壽山)을 나서서
옛날에 갈라선 그 내 님도
오늘날 뵈올 수 있었으면.

나는 세상모르고 살았노라,
고락(苦樂)에 겨운 입술로는
같은 말도 조금 더 영리(怜悧)하게
말하게도 지금은 되었건만.
오히려 세상모르고 살았으면!

돌아서면 무심타는 말이

그 무슨 뜻인 줄을 알았으랴.

제석산(帝釋山) 붙는 불은

옛날에 갈라선 그 내 님의

무덤에 풀이라도 태웠으면!

Der Eisstoß
〈클로드 모네, 1880〉

15.

금
잔
디

Pappelreihe
〈클로드 모네, 1891〉

금잔디

잔디
잔디
금잔디
심심산천에 붙은 불은
가신 임 무덤가에 금잔디
봄이 왔네, 봄빛이 왔네.
버드나무 끝에도 실가지에
봄빛이 왔네, 봄날이 왔네.
심신 산천에도 금잔디에.

Seerosenteich [2]
〈클로드 모네, 1899〉

강촌

날 저물고 돋는 달에

흰 물은 솰솰……

금모래 반짝…….

청(靑)노새 몰고 가는 낭군(郞君)!

여기는 강촌(江村)

강촌(江村)에 내 몸은 홀로 사네.

말하자면, 나도 나도

늦은 봄 오늘이 다 진(盡)토록

백년처권(百年妻眷)을 울고 가네.

길쎄 저문 나는 선비,

당신은 강촌(江村)에 홀로된 몸.

L'évasion de Rochefort, 1880-1881
〈에두아르 마네, 1881〉

첫 치마

봄은 가나니 저문 날에,
꽃은 지나니 저문 봄에,
속없이 우나니 지는 꽃을,
속없이 느끼나니 가는 봄을.
꽃지고 잎진 가지를 잡고
미친듯 우나니, 집난이는
해 다 지고 저문 봄에
허리에도 감은 첫치마을
눈물로 함빡히 쥐어짜며
속없이 우노나 지는 꽃을,
속없이 느끼노라 가는 봄을.

La femme au chapeau noir; portrait d'Irma Brunner
la Viennoise
〈에두아르 마네, 1880〉

달맞이

정월 대보름날 달맞이,
달맞이 달마중을, 가자고!
새라 새 옷은 갈아입고도
가슴엔 묵은 설움 그대로,
달맞이 달마중을, 가자고!
달마중 가자고 이웃집들!
산 위에 수면에 달 솟을 때,
돌아들 가자고, 이웃집들!
모작별 삼성이 떨어질 때.
달맞이 달마중을 가자고!
다니던 옛동무 무덤가에
정월 대보름날 달맞이!

The Battle of the Kearsarge and the Alabama
〈에두아르 마네, 1864〉

엄마야 누나야

엄마야 누나야, 강변 살자.

뜰에는 반짝이는 금모래 빛

뒷문 밖에는 갈잎의 노래

엄마야 누나야, 강변 살자.

Boy in Flowers (Jacques Hoschedé)
〈에두아르 마네, 1876〉

16.

닭은 꼬꾸요

Two Apples
〈에두아르 마네, 1880〉

닭은 꼬꾸요

닭은 꼬꾸요, 꼬꾸요 울 제,
헛잡으니 두 팔은 밀려났네.
애도 타리만치 기나긴 밤은……
꿈 깨친 뒤엔 감도록 잠 아니 오네.

위에는 청초(靑草) 언덕, 곳은 집섬,
엊저녁 대인 남포(南浦) 뱃간.
몸을 잡고 뒤재며 누웠으면
솜솜하게도 감도록 그리워 오네.

아무리 보아도

밝은 등(燈)불, 어스레한데.

감으면 눈 속엔 흰 모래밭,

모래에 어린 안개는 물위에 슬 제

대동강(大同江) 뱃나루에 해 돋아 오네.

The Brioche
〈에두아르 마네, 1870〉

부록

마네 · 모네 · 르누아르 · 고갱 · 고흐

소개

Jeune femme blonde aux yeux bleus
〈에두아르 마네, 1878〉

에두아르 마네

(Edouard Manet, 1832~1883)

'마네'는 프랑스 화가로 19세기 인상주의 화풍을 보이며 사실주의 인상파로 전환되는 큰 역할을 했다. 인상파가 즐기는 밝은 색과 단순한 선처리를 통해 파스텔 톤의 풍부한 색채감을 불어넣었다.

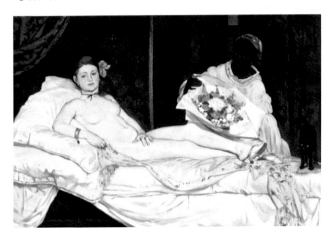

올림피아(Olympia)

1863년 〈올림피아(Olympia)〉 작품은 화단의

공격의 대상이 되었다. 여인의 나체는 아름다움
으로 여기기보다는 "음란하고 상스럽다"는 비난
이 쏟아졌다.

또한 〈풀밭 위의 점심 식사〉라는 작품도 엄청
난 비난을 불러 일으켰다.

〈풀밭 위의 점심 식사〉

하지만 '에두아르 마네'의 대표작품으로 남아
이목을 끄는데 성공하였다.

클로드 모네

(Claude Monet, 1840~1926)

'모네'는 인상파의 중심이 된 프랑스 화가로 19세기 인상주의(인상파)의 개척자이며 지도자로 많은 문하생이 그 뒤를 따랐다. '에두아르 마네'의 빛의 강약과 밝은 색채에 영감을 받아 광선이 주는 다양한 음영 묘사에 주력을 하였다.

그 후 영국으로 건너가 밝은 색조에 대한 연구를 했다. 신예술 창조를 위해 사물의 본연의 색체를 사용하지 않고 빛에 산란하는 색감으로 묘사에 주력했다. 하지만 예술 평단의 비난은 가혹하게 1)'인상파(印象派)'라는 야유를 보냈다. '모네'의 대표작품 〈인상, 해돋이〉, 〈루앙 대성당〉, 〈수련 연못〉 등의 빛의 묘사와 색채감을 한층 더 감상할 수 있다.

---

1)인상주의(impressionism, 印象主義) 전통적인 회화 기법을 거부하고 색채·색조·질감 자체에 관심을 두는 미술 사조.

〈클로드 모네〉의 초상 (1875년 르누아르 그림)

오귀스트 르누아르

(Pierre-Auguste Renoir 1841~1919)

'르누아르' 19세기 프랑스의 대표적 인상주의 화가로 자연 풍경 보다는 인물화와 육체에 대한 묘사가 뛰어났다.

가난한 재봉사 가정에서 태어나 도기공방에서 그림을 그리는 직공으로 일하다가 그림을 붙이는 기계가 발명되면서 직업의 회의를 느껴 화화 공부에 매진하였다. 유명 화가의 문하생으로 들어가 풍부한 색채를 받아들이며 여인의 미(美)에 도취되어 인물화에 관심을 가졌다. 그의 대표작품은 1918년 〈목욕하는 여인들〉은 근대 회화의 명작으로 꼽힌다.

그는 인상파의 채색과 빛과 그림자에 관심을 가지면서 전통적인 검정 그림자를 버리고 섬세하고 세련미 넘치는 아름다운 색채를 꽃피웠다.

오귀스트 르누아르 자화상 (1876),

케임브리지, 포그 미술관.

폴 고갱

(Paul Gauguin, 1848~1903)

'고갱'은 프랑스 〈2)후기 인상파, 後期印象派〉
화가로서 종합적 색체를 표현하면서 큰 반향을
일으켰다. 그는 생전에 좋은 평을 받지 못했지
만, 사후에 더욱 인정을 받았다. 폴 고갱은 바다
의 선원이 되고자 했지만 꿈을 이루지 못하고 증
권 거래소에서 일하기 시작했다. 그러나 가난과
건강 상태가 좋지 않아 남태평양의 '타히티' 섬
으로 이주하여 10여 년 동안 폴리네시아인의 생
활을 표현한 작품을 남겼다. 유럽 문화와 전혀
다른 이국적인 색채의 작품이 대표작이 되었다.
동료 '고흐'와 친교를 가졌으며 후대 '아방가르드
(전위예술)'에 영향을 주었다.

---

2) 후기 인상주의(Post-Impressionism) 초기 인상파의 정
형화된 예술 사조를 벗어나 개인의 정서에 맞는 새로운
작품 세계를 확립하고자 했다. '고흐, 고갱, 세잔느' 등
이 대표적 작가.

팔레트를 든 '폴 고갱' 자화상

빈센트 반 고흐

(Vincent van Gogh, 1853~1890)

'고흐'는 네덜란드 화가로 화풍의 스승을 두지 않고 독자적인 회화 세계를 그려냈다.

그는 생전에 단 한점의 작품만이 판매되었지만, 현대의 미술계는 최고가를 자랑하는 비운의 화가가 되었다. 고흐는 선천적인 뇌장애(정신질환)를 앓고 있어서 발작으로 인한 고통을 받고 있었다.

정신 병원에 수용되면서도 예술에 대한 창작 열정을 그를 꺾지 못했다.

빈센트 반 고흐는 일본화를 접하면서 색채와 선의 영향을 받기도 했지만, 자신만의 정신세계를 그리며 〈프로방스 시골길의 하늘 풍경〉, 〈별이 빛나는 밤〉, 〈해바라기〉 등의 걸작들을 그렸다. 때론 자신의 작품에 불만을 품고 귀를 잘라 버리기도 했으며 권총 자살로 37세 나이로 요절했다.

빈센트 반 고흐 자화상(1887)